Chave's Memories

Los recuerdos de Chave

by María Isabel Delgado
Illustrated by Yvonne Symank

PIÑATA BOOKS

Piñata Books
A Division of Arte Público Press
University of Houston
Houston, Texas

To my mom,

for all of her love and support.

Para mi mamá

por todo su cariño y apoyo.

—María Isabel Delgado

Publication of *Chave's Memories* is made possible through support from the Lila Wallace-Reader's Digest Fund, the Andrew W. Mellon Foundation and the National Endowment for the Arts. We are grateful for their support.

Esta edición de *Los recuerdos de Chave* ha sido subvencionada por el Fondo Lila Wallace-Reader's Digest, la Fundación Andrew W. Mellon y el Fondo Nacional para las Artes. Les agradecemos su apoyo.

Piñata Books are full of surprises!
¡Piñata Books están llenos de sorpresas!

Piñata Books
An Imprint of Arte Público Press
University of Houston
452 Cullen Performance Hall
Houston, Texas 77204-2004

Cover design by Gladys Ramirez

Delgado, María Isabel.
    Chave's memories = Los recuerdos de Chave / by María Isabel Delgado ; illustrated by Yvonne Symank.
        p.   cm.
    Summary: A woman recalls childhood visits to her grandparents' ranch in Mexico, where she and her brother played with her cousins and listened to the stories of an old ranch hand.
    ISBN 978-1-55885-244-0 (paperback)
    ISBN 978-1-55885-084-2 (hardcover)
    [1. Play—Fiction. 2. Storytelling—Fiction.   3. Mexico—Fiction.   4. Spanish-language materials—Bilingual]   I. Title.
PZ73.D437 1996   95-47732
[E]—dc20   CIP
                                                                                        AC

Printed in China in July 2011–September 2011 by Creative Printing USA, Inc.
12 11 10 9 8 7 6 5 4 3 2

CHAVE'S MEMORIES

LOS RECUERDOS DE CHAVE

Oh, how special it was to visit my grandparents' ranch, La Burrita, in Mexico. We would always see many new and different things there. My brother Rafa and I always had fun. I remember one trip really well. We packed up our car and left from our home in Brownsville, Texas, and crossed the Rio Grande into Mexico.

Qué especial para nosotros era ir al rancho La Burrita de mis abuelitos en México. Siempre había muchas cosas nuevas y diferentes. Mi hermano Rafa y yo nos divertíamos muchísimo. Me acuerdo muy bien de una de las visitas en particular. Empacamos el carro, salimos de nuestra casa en Brownsville, Texas, y cruzamos el Río Grande para entrar en México.

After a while, we went down a small country road that was very bumpy. All the bumps and holes made our car rock this way and that way. Our car didn't run fast, but it sure did pick up lots of dust. With the windows rolled down, the dust flew in and we got dusty grey eyelashes.

Después de un rato, pasamos por un camino rural traqueteado. Con todos los pozos, el carro saltaba de un lado al otro. Nuestro carro no andaba muy rápido, pero sí que levantaba mucho polvo. El polvo se subía por las ventanas abiertas y nos cubría de gris las pestañas.

I kept asking my mom, "Are we there yet?"

"No, not yet," she would say. "Be patient, Chave."

After an hour, we finally saw a house in the distance. It was my grandparents' house in La Burrita Ranch. Back home in Brownsville, all the houses were close to each other, so the ranch house seemed very important as it stood all alone on that hilltop.

A cada rato yo le preguntaba a mi mamá, —¿Ya vamos llegando? ¿Cuánto más nos falta?

Y ella me respondía, — todavía no. Ten paciencia, Chave.

Al fin, a lo lejos en una loma vimos una casita. Era la casa de mis abuelos en el rancho La Burrita. En Brownsville, todas las casas estaban casi pegadas unas a otras. Así que esta casa se me hacía muy importante por ser tan apartada encima de la colina.

It was a wide white house with a chimney on the right side and a porch on the left. The house was surrounded by a white wooden fence. In front was a huge cement well which rose out of the ground like a big covered swimming pool. The well was made to hold rainwater for drinking, so it was very deep.

La casa era blanca y amplia con una chimenea al lado derecho y un corredor al izquierdo. Una cerca blanca de madera rodeaba la casa. En frente había un aljibe redondo de cemento que se subía sobre el suelo y parecía una alberca cubierta. Era bien hondo también. Estaba hecho para recoger la lluvia para proveer agua potable, y por eso estaba hondo.

A fence also surrounded a garden, which seemed as large as the house. The garden had many plants and flowers. They were all chosen and cared for by my grandma. I was so proud that this beautiful house and garden belonged to our family.

Una cerca también rodeaba un jardín que parecía tan grande como la casa. En el jardín había muchas plantas y flores. Mi abuelita había escogido cada una de ellas con cariño y las cuidaba mucho. Yo sentía mucho orgullo que esta casa bella y este jardín bonito pertenecían a mi familia.

Our cousins, Rolando and Roberto, were already waiting for us as we drove up to the house. They jumped up and down with excitement and screamed their hellos. When the car stopped, Rafa and I jumped out and were in and out of the house in a flash.

Nuestros primos, Rolando y Roberto, nos habían estado esperando cuando llegamos a la casa. Brincaron con alegría y nos saludaron con entusiasmo. Tan pronto como nos detuvimos en frente de la casa, mi hermano Rafa y yo nos pusimos a entrar y salir de ella como relámpagos.

"Come on, Chave and Rafa, let's run to the big gate and back!" said Rolando.

"Okay," we squeeled with delight. "One—two—three—go!" We took off like rockets.

Back and forth we raced until we got tired from all the laughing and running. We came back to the house out of breath and very hungry.

—¡Ándale, Chave y Rafa, vamos a correr hasta el portón grande y luego regresar!— dijo Rolando.

—¡Muy bien!— le gritamos. —¡Uno…dos…tres…adelante!— y nos disparamos como cohetes.

Fuimos y vinimos corriendo hasta que nos cansamos de tanto reír y correr. Regresamos a la casa sin aliento y con mucho hambre.

After a snack of pan dulce and fresh goats' milk, we went to a small hill behind the big house. We climbed to the top and slid down a side where the dirt was smooth. There were cactus plants on both sides of the slide, and we worried about ripping our clothes on the cactus thorns!

Después de comer pan dulce y leche de cabra, fuimos a un cerrito detrás de la casa. Nos subimos hasta la parte más alta y luego nos deslizamos cuesta abajo. El suelo estaba bien liso de tanto haber servido de resbaladero. Había nopales a cada lado y teníamos miedo que las espinas nos cortaran la ropa.

From the hilltop we saw a shepherd returning with his goats and rushed down the hill to meet him. We helped his dogs herd the baby goats into the corral by making loud noises and waving our arms. We even got to milk the goats so we would have fresh milk for supper.

Desde el cerro vimos a un pastor regresando con los chivos y bajamos a alcanzarlo. Ayudamos sus perros a guiar los chivitos al corral echando gritos y sacudiendo los brazos. Hasta aprendimos a ordeñar las cabras y así proveer leche para la cena.

After milking, Roberto yelled, "Let's go ride the barrels!" By the time we caught up, he already had one barrel on its side. He climbed on top and began to roll the barrel as he walked on top of it.

"Now us!" I yelled, but as soon as we climbed on, we fell off! After a few tries, we got good enough at it to race with each other.

Después de ordeñar, Roberto gritó, —¡Vamos a montar los barriles!— Cuando lo alcanzamos ya había tumbado un barril, se había montado en él y andaba mientras el barril rodaba.

—¡Ahora nosotros!—le grité. Tan pronto como Rafa y yo subimos cada uno a un barril, nos caímos. Después de varios intentos, éramos tan diestros que hicimos carreras para ver quién ganaba.

At dusk, we went to Grandpa's barn to hear Venancio, the ranch hand. He was a great storyteller. As we gathered around his campfire he began to tell us stories about his friends, the wild animals.

"When I was a boy I loved to play the violin," Venancio said. "Evenings after supper, I would go to my favorite place on the hill, sit next to a cactus and play my violin."

Ya que cayó la tarde, fuimos al granero de Abuelo para escuchar a Venancio, uno de los empleados del rancho. Sabía relatar cuentos maravillosos. Nos agrupamos alrededor de su fuego y Venancio comenzó a contarnos de sus amigos, los animales silvestres.

—Cuando yo era joven, tenía un violín que me encantaba tocar. A veces por la noche después de comer, subía hasta lo más alto del cerrito, me sentaba al lado de un nopal y tocaba mi violín.

"The sound was so pure that it would float into the woods, inviting animals to come sit around me. Rabbits, snakes, wolves, owls, squirrels and other animals would all come to listen. And then, one by one, they would all join in singing to the music. Yes, it's true, the animals are my friends."

—El sonido era tan puro que flotaba hasta el centro del bosque, invitando a los animales a que vinieran a sentarse a mi alrededor. Los conejos, las víboras, los lobos, las lechuzas, las ardillas y otros animales venían a escucharme. Y entonces, uno por uno, empezaban a cantar al son de la música. Sí, de verdad, los animales son mis amigos.

"Come to supper, it's getting dark," Grandma called. All of us returned to the house, still enchanted by Venancio's story. I asked Grandma if his stories were true.

"I don't know," she said, "but I know he has a violin and long ago you could hear its beautiful sound all through the night."

—Vengan a cenar, que ya está oscuro,— llamó Abuela. Todos regresamos a la casa todavía encantados por el cuento de Venancio. Le pregunté a Abuelita si los cuentos de Venancio eran verdaderos.

—No sé,— me dijo —pero sí sé que tiene un violín y hace años su sonido maravilloso se podía oír la noche entera.

As I look back, I believe the games we played and the stories we were told at La Burrita Ranch were magical. They are still beautiful memories of my childhood…and the magic of Mexico.

Al recordar todo esto, creo que los juegos que jugamos y los cuentos que escuchamos en el Rancho la Burrita eran mágicos. Todavía son bellos recuerdos de mi niñez…y de la magia de México.

María Isabel Delgado is a native of Brownsville, Texas. Her memories of growing up on the border form the basis for *Chave's Memories*. A graduate in Education from the University of Houston, Ms. Delgado works as a bilingual teacher in Grand Prairie, Texas, where she was named "Teacher of the Year" in 1993.

Las memorias de su niñez en la frontera con México forman la base de *Los recuerdos de Chave* de María Isabel Delgado, nativa de Brownsville, Texas. La maestra de educación bilingüe en Grand Prairie, Texas, recibió su título de la Universidad de Houston. En 1993, fue nombrada "Maestra de Año" en su escuela.

Yvonne Symank is a freelance artist specializing in designs for children. A graduate of the University of Houston, Symank has designed a wide range of books, cards and other products for children.

Yvonne Symank es artista que especializa en producir diseños para niños. Después de recibir su título en Arte de la Universidad de Houston, ha diseñado una gran variedad de tarjetas, libros y otros productos para niños.